RÉCITS DES GRANDS JOURS DE L'HISTOIRE

DIRECTEUR PAUL GAULOT

15 c.mes le volume

LA DERNIÈRE PRISON DE MARIE ANTOINETTE

RELATION

de Rosalie LAMORLIÈRE

Servante à la Conciergerie

No 4

Il paraît un volume chaque Samedi.

HENRI GAUTIER éditeur 55 quai des Grands Augustins PARIS

RÉCITS

MARIE-ANTOINETTE, Reine de France

Parmi les femmes, dont la postérité garde la mémoire, il en est peu dont la figure soit plus douloureuse et plus attachante que celle de l'infortunée reine de France, Marie-Antoinette. Elle partage, avec Jeanne d'Arc, avec Marie Stuart, le don de nous émouvoir profondément. Sa destinée fut si cruelle : mélange effrayant de grandeur et d'humiliation, de joie et de tristesse. Elle vécut, pour ainsi dire, deux existences. Dans les splendeurs de Versailles, qui eût pu prévoir la prison et la mort ? C'est ce contraste qui attire notre imagination compatissante, d'autant que, la part faite à la faiblesse humaine, il est certain qu'elle eut, dans les beaux jours, la grâce brillante qui seyait à son sexe ; dans les mauvais jours, la résignation et la hauteur d'âme qui convenaient à son rang. Dans cette cour, dont elle est la Reine à tous les titres, elle apparaît radieuse, et brille d'un éclat que rien ne ternira, parce qu'elle se présente à nous parée de la double couronne que donne la beauté unie au malheur.

Dans le cours de ces récits, nous reviendrons souvent sur les divers épisodes qui marquèrent sa vie ; nous la montrerons jeune épousée sans expérience recevant les conseils de sa mère, jeune femme heureuse dans son palais de Trianon, reine dans tout l'éclat de sa royauté ; nous rappellerons les efforts qu'elle tenta, pendant ces années où la Révolution commence à battre en brèche la monarchie, pour échapper à son étreinte ; nous pénétrerons avec elle dans la sombre prison du Temple, qui précéda le cachot de la Conciergerie, dans la salle du Tribunal révolutionnaire ; nous la suivrons jusqu'à l'échafaud.

Ce sera là sa véritable histoire : nous nous bornons pour l'instant à donner ici quelques notes biographiques indispensables.

Marie-Antoinette, fille de Marie-Thérèse, impératrice d'Allemagne et du duc de Lorraine, devenu empereur sous le nom de François Ier, naquit à Vienne le 2 novembre 1755.

[1]

Elle épousa en 1770 le duc de Berry, Dauphin de France, petit-fils du roi Louis XV. D'épouvantables accidents attristèrent les fêtes données à l'occasion de ce mariage. En 1774, le Dauphin devint roi de France. Timide, gauche et sans expérience, le nouveau roi n'était pas à la hauteur de sa tâche. Une suite de ministres incapables ou dilapidateurs, comme Calonne, Loménie de Brienne, etc., mirent la France dans un état tel que bientôt, de toutes parts, on réclama la convocation des Etats généraux.

Les députés nommés par les trois ordres, le Clergé, la Noblesse et le Tiers-Etat, se réunirent à Versailles le 5 mai 1789. Le pouvoir passait des mains du roi dans celles des représentants de la nation ; c'était l'aurore de la Révolution.

La Reine était fort impopulaire ; jalousée par sa famille, calomniée par les siens. Elle avait été surnommée l'*Autrichienne* ou *Madame Déficit*, et le peuple répétait avec haine ces surnoms injurieux.

Malgré les dangers qu'elle courait, elle resta toujours auprès du Roi pendant les moments les plus terribles, notamment dans les journées d'octobre 1789, lorsqu'une populace déchaînée alla jusqu'à Versailles chercher la famille royale pour la ramener dans Paris.

Elle suivit le roi dans la fuite si brusquement arrêtée à Varennes (21 juin 1791) ; elle était à ses côtés aux journées du 20 juin et du 10 août 1792, qui marquèrent la chute de la royauté. Prisonnière au Temple, la condamnation et l'exécution du Roi, le 21 janvier 1893, ne présagèrent que trop le sort qui l'attendait. Le 1er août, elle fut transférée à la Conciergerie ; son procès eut lieu les 14 et 15 octobre, le 16 octobre elle monta sur l'échafaud.

Nous donnons aujourd'hui un récit de la captivité de Marie-Antoinette à la Conciergerie. Celle qui l'a fait est une pauvre fille, Rosalie Lamorlière, qui n'a pas d'histoire et dont pourtant l'histoire conserve le nom. C'est qu'il lui fut donné d'approcher pendant quelques semaines l'infortunée Princesse, et qu'elle put lui témoigner cet humble dévouement des petites gens dont l'âme n'est pas petite.

Paul GAULOT.

LA DERNIÈRE PRISON
DE
MARIE - ANTOINETTE

Récit de Rosalie LAMORLIÈRE [1]
Native de Breteuil, en Picardie

An. 1793

JE servais, en qualité de femme de chambre, Mme Beaulieu, mère du comédien célèbre, lorsque le roi Louis XVI fut condamné à périr sur un échafaud. Mme Beaulieu, déjà infirme et souffrante, manqua mourir de douleur en apprenant cette condamnation et à tous les moments elle s'écriait : « Peuple injuste et barbare, un jour tu verseras des larmes de désespoir sur la tombe d'un si bon roi. »

Mme Beaulieu mourut peu de temps après les massacres de septembre (2) ; son fils alors me donna de confiance à Mme Richard, concierge du Palais.

J'éprouvais beaucoup de répugnance à prendre du service auprès d'un concierge de prison ; mais M. Beaulieu qui était, comme on sait, bon royaliste, et qui allait défendre, en qualité d'avocat, et toujours gratuitement, les malheureux du tribunal révolutionnaire, me pria d'accepter cette place où je trouverais, me dit-il, l'occasion d'être utile à une foule d'honnêtes gens que la Conciergerie renfermait. Il me promit de venir m'y voir le plus souvent qu'il lui serait possible, son théâtre de la Cité n'étant qu'à deux pas de là.

---

(1) Rosalie Lamorlière était servante à la Conciergerie au moment où Marie-Antoinette y fut prisonnière. Elle était ainsi bien placée pour relater les derniers jours de la captivité de l'infortunée reine de France, et son récit, écrit sous sa dictée par Lafont d'Aussonne, est un document précieux autant qu'émouvant.

(2) Les massacres de septembre eurent lieu en 1792, et l'exécution du Roi, le 21 janvier 1793. Si donc Mme Beaulieu vivait à cette dernière époque, ce n'est que plusieurs mois après les massacres de septembre qu'il faut placer la date de sa mort.

Mme Richard, ma nouvelle maîtresse, n'était pas aussi bien élevée que Mme Beaulieu, mais elle avait assez de douceur dans le caractère; et, comme elle avait été marchande à la toilette, elle conservait dans tout son ménage et sur sa personne un grand goût de propreté.

A cette époque, il fallait beaucoup de présence d'esprit pour régir une vaste prison comme la Conciergerie; je ne voyais jamais ma maîtresse embarrassée. Elle répondait à tout le monde en peu de paroles; elle donnait ses ordres sans aucune confusion; elle ne dormait que des instants, et rien ne se passait au dedans ou au dehors qu'elle n'en fût promptement informée. Son mari, sans être aussi propre aux affaires, était appliqué et laborieux. Peu à peu je m'attachai à cette famille, parce que je vis qu'ils ne désapprouvaient point la compassion que m'inspiraient les pauvres prisonniers de ce temps-là.

Le 1er d'août 1793, dans l'après-dîner, Mme Richard me dit à voix basse : « Rosalie, cette nuit, nous ne nous coucherons pas; vous dormirez sur une chaise; la Reine va être transférée du Temple dans cette prison-ci. » Et aussitôt je vis qu'elle donnait des ordres pour qu'on ôtât M. le général Custine de la *Chambre du Conseil,* afin d'y placer la Princesse (1). Un porte-clefs fut dépêché vers le tapissier de la prison, (Bertaud, logé Cour de la Sainte-Chapelle). Il lui demanda un lit de sangle, deux matelas, un traversin, une couverture légère et une cuvette de propreté.

On apporta ce petit mobilier dans la chambre humide que délaissait M. de Custine; on y ajouta une table commune et deux chaises de prison. Tel fut l'ameublement destiné à recevoir la Reine de France.

Vers les trois heures du matin, j'étais assoupie dans un

(1) Marie-Antoinette, à la Conciergerie, fut d'abord placée dans une pièce voisine de la Chambre du Conseil et de la chapelle; puis, vers le milieu de septembre, après la tentative du chevalier de Rougeville, les administrateurs de police jugèrent bon de la mettre dans un autre cachot; à cet effet, on choisit la pharmacie du citoyen Lacour, et l'on prit les plus minutieuses précautions pour rendre la captivité de la reine des plus rigoureuses. Une fenêtre donnait sur la cour des femmes : elle fut fermée par une plaque de tôle, jusqu'au cinquième barreau de traverse; le surplus de la croisée fut grillé de fil de fer en mailles très serrées. La fenêtre ayant vue sur l'infirmerie fut condamnée en totalité par une plaque de tôle, et l'on maçonna une petite croisée sur le corridor. Une seconde porte, fermée avec une forte serrure de sûreté, fut établie en dedans de la pièce, à quelques pouces de la porte existant déjà, et renforcée de deux verrous à l'extérieur. On poussa même les précautions jusqu'à boucher la gargouille qui sert à l'écoulement des eaux.

MARIE-ANTOINETTE A VERSAILLES

d'après un portrait de Mme Vigée-Lebrun (Musée de Versailles)

fauteuil ; Mme Richard, me tirant par le bras, me réveilla précipitamment et me dit ces paroles : « Rosalie, allons, allons, réveillons ; prenez ce flambeau, les voici qui arrivent. »

Je descendis en tremblant, et j'accompagnai Mme Richard dans le cachot de M. de Custine, situé à l'extrémité d'un long corridor noir. La Reine y était déjà rendue. Une quantité de gendarmes étaient devant sa porte, en dehors. Plusieurs officiers et administrateurs étaient dans l'intérieur de là chambre, où ils se parlaient bas les uns aux autres. Le jour commençait à venir.

Au lieu d'écrouer la Reine au greffe en vitrage qui est à la gauche du premier vestibule, on l'écroua dans son cachot. Cette formalité étant remplie, tout le monde se retira et Mme Richard et moi restâmes seules chez la Reine. Il faisait chaud. Je remarquai les gouttes de sueur qui découlaient sur le visage de la Princesse. Elle s'essuya deux ou trois fois avec son mouchoir. Ses yeux contemplèrent avec étonnement l'horrible nudité de cette chambre ; ils se portèrent aussi avec un peu d'attention sur la concierge et sur moi. Après quoi, la Reine, montant sur un tabouret d'étoffe que je lui avais apporté de ma chambre, suspendit sa montre à un clou qu'elle aperçut dans la muraille, et commença de se déshabiller pour se mettre au lit. Je m'approchai respectueusement et j'offris mes soins à la Reine. « *Je vous remercie, ma fille,* me répondit-elle sans aucune humeur ni fierté, *depuis que je n'ai plus personne je me sers moi-même.* »

Le jour grandissait. Nous emportâmes nos flambeaux, et la Reine se coucha dans un lit bien indigne d'elle, sans doute, mais que nous avions garni, du moins, de linge très fin et d'un oreiller.

Dès le matin, on plaça deux gendarmes dans la chambre de la Princesse ; on y mit aussi, pour la servir, une vieille femme, âgée de près de quatre-vingts ans, qui était, comme je l'ai su depuis, l'ancienne concierge de l'Amirauté, dans l'enceinte même du Palais de Justice. Son fils, âgé de vingt-quatre ou vingt-cinq ans, était l'un des porte-clefs de notre prison. (On le nommait Larivière.)

Pendant les premiers quarante jours, je ne fis aucune

fonction chez la Reine. J'y venais seulement avec Mᵐᵉ Richard, ou avec son mari, pour apporter le déjeuner qu'on servait à neuf heures, et le dîner qu'on servait ordinairement à deux heures, deux heures et demie. Mᵐᵉ Richard mettait le couvert, et, par respect, je me tenais auprès de la porte. Mais Sa Majesté daigna y faire attention, et elle me fit l'honneur de me dire : « *Approchez-vous, Rosalie ; ne craignez pas.* »

La vieille Mᵐᵉ Larivière, après avoir rapiéceté et recousu fort proprement la robe noire de la Reine, fut jugée peu propre à son emploi. Elle remonta chez elle au local de l'ancienne Amirauté, et de suite on la remplaça par une jeune femme nommée Harel, dont le mari était employé aux bureaux de la police.

La Reine avait témoigné de la confiance et de la considération à la vieille femme ; elle ne jugea pas la nouvelle personne aussi favorablement ; presque jamais elle ne lui adressait la parole.

Les deux gendarmes (toujours les mêmes) se nommaient Dufrêne et Gilbert ; ce dernier paraissait plus rude que son camarade le brigadier. Quelquefois Sa Majesté, accablée d'ennui, s'approchait d'eux, pendant que nous couvrions sa table, et elle les regardait jouer, quelques instants, en présence de Mᵐᵉ Richard ou du concierge.

Un jour, Mᵐᵉ Richard amena dans son cachot son plus jeune enfant, qui était blond, qui avait des yeux bleus fort agréables, et dont la figure charmante était bien au-dessus de son état. On le nommait *Fanfan*.

La Reine, en voyant ce beau petit garçon, tressaillit visiblement ; elle le prit dans ses bras, le couvrit de baisers et de caresses et se mit à pleurer en nous parlant de M. le Dauphin, qui était à peu près du même âge ; elle y pensait nuit et jour. Cette circonstance lui fit un mal horrible. Mᵐᵉ Richard, quand nous fûmes remontées, me dit qu'elle se garderait bien de ramener son fils dans le cachot.

Septemb. Vers la mi-septembre, il arriva un grand malheur qui fut bien préjudiciable à la Reine. Un officier déguisé, nommé M. de Rougeville, fut introduit dans le cachot de la Princesse par un officier municipal, appelé Michonis. L'officier (qui était connu de la Reine) laissa tomber un œillet auprès du

[6]

bas de sa robe, et j'ouïs dire que cette fleur renfermait un papier de conspiration. La femme Harel observait le tout ; elle fit son rapport à Fouquier-Tinville qui descendait tous les soirs avant minuit dans la prison. Les deux gendarmes furent aussi entendus. Le gouvernement crut qu'il y avait un grand complot dans Paris pour enlever la Princesse et on donna aussitôt des ordres, plus sévères et cent fois plus terribles que par le passé. M. Richard, son épouse et leur fils aîné furent mis en prison et au cachot, les uns à Sainte-Pélagie, l'autre aux Madelonnettes. La femme Harel ne reparut plus. On ôta les deux gendarmes du cachot de la Reine, et nous vîmes arriver, pour nouveau concierge du Palais, le concierge en chef de la Force nommé Lebeau (1).

Lebeau paraissait dur et sévère lorsqu'on le voyait pour la première fois ; mais au fond il n'était pas méchant homme. Les administrateurs lui dirent que je demeurerais cuisinière à son service, parce qu'on n'avait aucun sujet de se méfier de moi, et que, dans la maison, je ne me mêlais de rien que de ma besogne. Ils ajoutèrent cependant que je n'irais plus à la provision comme du temps de Mme Richard, et que j'étais consignée dans l'intérieur de la Conciergerie par ordre du gouvernement, ainsi que le geôlier et sa jeune fille Victoire (aujourd'hui Mme Colson, établie à Montfort-l'Amaury).

On décida que Lebeau répondrait sur sa tête de la personne de la Reine et que lui seul aurait à sa disposition la clef du cachot. On lui ordonna de n'y entrer que pour les choses indispensables, et toujours accompagné de l'officier de gendarmerie de service ou du brigadier.

On posa une sentinelle dans la petite cour des femmes, où s'éclairait la chambre de la Princesse, et comme les deux petites fenêtres étaient presque aussi basses que le pavé, la sentinelle, en passant et en repassant, voyait sans difficulté toutes les actions de l'intérieur de chez la Reine.

Quoique sa Majesté n'eût aucune communication dans la Conciergerie, elle n'ignora pas le malheur arrivé aux premiers concierges. On était venu du Comité de Sûreté générale lui faire subir un interrogatoire sur Michonis et sur

_____
(1) Le nouveau concierge s'appelait Bault et non Lebeau.

l'œillet, et je sus qu'à toutes les questions elle avait répondu avec une grande prudence (1).

Lorsque Lebeau parut pour la première fois chez la Reine, je l'accompagnais, et je portais à Madame le potage ordinaire de son déjeuner. Elle regarda Lebeau qui, pour se conformer aux manières de ce temps-là, était vêtu d'un gilet-pantalon appelé *Carmagnole*. Le col de sa chemise était ouvert et rabattu ; mais sa tête était découverte ; ses clefs à la main, il se rangea près de la porte, contre le mur.

La Reine ôta son bonnet de nuit, prit une chaise et me dit avec un son de voix aimable : « *Rosalie, vous allez me faire aujourd'hui mon chignon.* » En entendant ces paroles, le concierge accourut, se saisit du démêloir et dit tout haut, en me repoussant : « *Laissez, laissez, c'est à moi à faire.* » La Princesse, étonnée, regarda Lebeau avec un air de majesté qu'il est impossible de dépeindre. « *Je vous remercie* », ajouta-t-elle ; et se levant aussitôt, elle ploya ses cheveux elle-même et posa son bonnet.

Sa coiffure, depuis son entrée à la Conciergerie, était des plus simples ; elle partageait ses cheveux sur le front après y avoir mis un peu de poudre embaumée. Mme Harel, avec un bout de ruban blanc, d'une aune environ, liait l'extrémité de ses cheveux, les nouait avec force et puis donnait les deux barbes de ce ruban à Madame, qui, les croisant elle-même et les fixant sur le haut de sa tête, donnait à sa chevelure (blonde et non pas rouge) la forme d'un chignon mouvant.

Le jour où, remerciant Lebeau, elle se détermina à se coiffer dorénavant elle-même, Sa Majesté prit sur sa table le rouleau de ruban blanc qui lui restait, et elle me dit, avec un air de tristesse et d'attachement qui me pénétra jusqu'au fond de l'âme : « *Rosalie, prenez ce ruban et gardez-le toujours en souvenir de moi.* » Les larmes me vinrent aux yeux, et je remerciai Madame en faisant une révérence.

(1) Le chevalier de Rougeville, qui avait formé avec Michonis le projet de délivrer Marie-Antoinette, put pénétrer jusqu'à elle dans sa prison, et laissa tomber à ses pieds un œillet qui contenait un billet. La chose fut découverte, et cette tentative qui n'eut pas d'effet, est communément appelée *la Conspiration de l'Œillet*. (Voir à ce sujet le très intéressant ouvrage de M. Lenôtre, *Le vrai Chevalier de Maison-Rouge, A.-D.-L. Gonsse de Rougeville*.)

Lorsque le concierge et moi fûmes dans le corridor, il se saisit de mon ruban et là-haut, dans sa chambre, il me dit : « Je suis bien fâché d'avoir contrarié cette pauvre femme, mais ma position est si difficile qu'un rien doit me faire trembler. Je ne saurais oublier que Richard, mon camarade, est, ainsi que sa femme, dans un fond de cachot. Au nom de Dieu, Rosalie, ne commettez aucune imprudence, je serais un homme perdu. »

Le 2 d'août, pendant la nuit, quand la Reine arriva du Temple, je remarquai qu'on n'avait amené avec elle aucune espèce de hardes ni de vêtements. Le lendemain et tous les jours suivants, cette malheureuse Princesse demandait du linge, et Mme Richard, craignant de se compromettre, n'osait ni lui en prêter, ni lui en fournir. Enfin, le municipal Michonis qui, dans le cœur, était honnête homme, se transporta au Temple, et le dixième jour, on apporta du donjon un paquet que la Reine ouvrit promptement. C'étaient de belles chemises de batiste, des mouchoirs de poche, des fichus, des bas de soie ou de filoselle noirs, un déshabillé blanc pour le matin, quelques bonnets de nuit et plusieurs bouts de rubans de largeur inégale. Madame s'attendrit en parcourant ce linge, et se retournant vers Mme Richard et moi, elle dit : « A la manière soignée de tout ceci, je reconnais les attentions et la main de ma pauvre sœur Élisabeth (1). »

Sa Majesté, en venant au Palais, portait son grand bonnet de deuil (sa coiffure de veuve). Un jour, en ma présence, elle dit à Mme Richard : « Madame, je désirerais, s'il était possible, avoir deux bonnets au lieu d'un, afin de pouvoir changer. Auriez-vous la complaisance de confier ma coiffure à votre couturière? il s'y trouvera, je crois, assez de linon pour établir deux bonnets négligés. »

Mme Richard exécuta sans difficulté cette commission de la Princesse, et lorsque nous lui rapportâmes ses deux nouvelles coiffures toutes simples, elle parut satisfaite, et, se retournant vers moi, elle daigna me dire : « Rosalie, je ne puis plus disposer de rien ; mais, mon enfant, je vous donne

---

(1) Madame Elisabeth, sœur de Louis XVI, née en 1764, décapitée le 10 mar^s 1794.

avec plaisir cette monture de laiton et ce linon batiste que la couturière a rapportés. »

Je m'inclinai humblement pour remercier Madame; et je conserve encore le linon batiste qu'elle me fit l'honneur de me donner. Je le montrai, il y a vingt-neuf ou trente ans, aux dames Boze (1) qui venaient voir leur prisonnier à la Conciergerie; ces Dames couvrirent les débris d'étoffe, de larmes et de baisers. La Reine éprouvait une grande privation. On lui avait refusé toute sorte d'aiguilles, et elle aimait beaucoup l'occupation et le travail. Je m'aperçus qu'elle arrachait de temps en temps les gros fils d'une toile à tenture de papier, clouée sur des châssis le long des murailles; et avec ces fils, que sa main polissait, elle faisait du lacet très uni, pour lequel son genou lui tenait lieu de coussin et quelques épingles, d'aiguilles.

Son goût pour les fleurs avait été, de son propre aveu, une véritable passion. Dans les commencements, nous en mettions de temps en temps un bouquet sur sa petite table de bois de chêne. M. Lebeau n'osa plus permettre cette douceur. Il me craignait tant, dans les premiers jours de son arrivée, qu'il fit construire un grand paravent de 7 pieds de hauteur, destiné à dérober la prisonnière à mes regards, lorsque je viendrais servir les repas ou faire la chambre. Ce paravent, que j'ai vu, n'a pourtant point fait son usage. Lebeau se contenta de celui que nous avions donné à la Reine du temps de Mme Richard. Celui-là n'avait guère que 4 pieds d'élévation. Il formait comme un demi-rideau le long du lit de la Princesse, et il la séparait, en quelque sorte, des gendarmes lorsqu'elle était dans la nécessité de vaquer à des besoins indispensables, pour lesquels on avait la barbarie de ne lui laisser aucune liberté!

Un forçat, nommé Barassin, était chargé d'enlever la garde-robe, et, dans ces circonstances, Madame me priait de brûler du genièvre pour lui changer l'air (2).

---

1. Les dames Boze étaient la femme et la fille de Boze, peintre assez connu, et royaliste.

2. Ce Barassin était un épouvantable drôle, condamné à quatorze ans de fers. Un prisonnier, Beaulieu, raconte ainsi la conversation qu'il eut un jour avec lui. Il l'interrogeait « sur la manière dont on traitait cette infortunée princesse. »
« — Comme les autres, répondit-il.
« — Comment! Comme les autres?
« — Oui, comme les autres; ça ne peut surprendre que les aristocrates.
« — Et que faisait la reine dans sa triste chambre?

Le matin, en se levant, elle chaussait de petites pantoufles rabattues, et tous les deux jours je brossais les jolis souliers noirs de prunelle, dont le talon, d'environ 2 pouces, était à la *Saint-Huberty*. Quelquefois, on venait chercher le concierge pour des objets urgents et indispensables dans la prison; il me laissait alors sous l'inspection de l'officier de gendarmerie. Un jour, quel fut mon étonnement, l'officier prit lui-même un des souliers de la Reine, et se servant de la pointe de son épée, il gratta la rouille humide des briques, comme je faisais, moi, avec mon couteau. Les ecclésiastiques et les seigneurs détenus dans le préau nous regardaient faire à travers la grille de séparation. Voyant que cet officier de gendarmerie était un brave homme, ils me supplièrent de venir jusqu'à eux afin de leur laisser voir de près la chaussure de la Reine. Ils la prirent aussitôt, ils se la passèrent les uns aux autres et la couvrirent de baisers.

Mᵐᵉ Richard, à cause d'une loi qui venait d'être rendue, avait caché son argenterie; la Reine était servie avec des couverts d'étain, que je tenais aussi propres, aussi clairs qu'il m'était possible.

Sa Majesté mangeait avec assez d'appétit; elle coupait sa volaille en deux, *c'est-à-dire pour lui servir deux jours*. Elle découvrait les os avec une facilité et un soin incroyables. Elle ne laissait guère de légumes, qui lui faisaient un second plat.

Quand elle avait fini, elle récitait tout bas sa prière d'action de grâces, se levait et marchait. C'était pour nous le signal du départ. Depuis l'œillet, il m'était défendu de laisser même un verre à sa disposition. Un jour, M. de

« — La *Capet!* Va, elle était bien penaude; elle raccommodait ses chausses pour ne pas marcher sur la *chrétienté.*
« — Comment était-elle couchée?
« — Sur un lit de sangle, comme toi.
« — Comment était-elle vêtue?
« — Elle avait une robe noire toute déchirée; elle avait l'air d'une Margot.
« — Était-elle seule?
« — Non ; un bleu (un gendarme) montait toujours la garde à la porte, mais elle n'en était séparée que par un paravent tout percé et à travers lequel ils pouvaient se voir, tout à leur aise, l'un et l'autre.
« — Qui est-ce qui lui apportait à manger?
« — La citoyenne Richard (la concierge).
« — Et que lui servait-elle?
« — Ah! de bonnes choses : elle lui apportait des poulets et des pêches ; quelquefois elle lui donnait des bouquets et la Capet la remerciait de tout son cœur. »

[11]

Saint-Léger, l'Américain, qui venait du greffe et allait ren-
trer au préau avec ses camarades, remarqua dans mes
mains un verre à moitié rempli d'eau. « L'eau qui
manque, me dit ce créole, est-ce la Reine qui l'a bue? » Je
répondis que oui. Par un mouvement de tête, M. de Saint-
Léger se découvrit à l'instant, et avala ce demi-verre d'eau
avec respect et délices.

Sa Majesté, comme je vous l'ai déjà dit, n'avait ni com-
mode ni armoire dans sa chambre. Lorsque sa petite provision de linge fut arrivée du Temple, elle demanda une
boîte pour l'y serrer et le mettre à l'abri des poussières.
Mme Richard, n'osant point faire cette demande aux administrateurs, m'autorisa à prêter un carton à la Princesse qui
le reçut avec autant de satisfaction que si on lui avait cédé
le plus beau meuble du monde.

Le régime des prisons alors ne permettait pas de donner
un miroir, et Madame, tous les matins, renouvelait à
cet égard sa demande. Mme Richard me permit de prêter
ma petite glace à la Reine. Je ne l'offris qu'en rou-
gissant. Ce miroir, acheté sur les quais, ne m'avait coûté
que vingt-cinq sous d'assignats!... Je crois le voir encore: sa
bordure était rouge et des manières de Chinois étaient
peints sur les deux côtés. La reine agréa ce petit miroir
comme une chose d'importance, et Sa Majesté s'en servit
jusqu'au dernier jour.

Tant que Mme Richard fut en place, la Princesse fut
nourrie avec soin, et, j'ose le dire, avec distinction. On
achetait ce qu'il y avait de mieux pour elle; et au marché,
trois ou quatre marchandes qui reconnaissaient bien le
geôlier, lui remettaient en pleurant les volailles les plus
délicates ou les plus beaux fruits: *Pour notre Reine*, disaient-
elles.

Quand la famille Richard fut mise au cachot, nous
n'allâmes plus personne à la provision; c'étaient nos four-
nisseurs qui venaient eux-mêmes au Palais, et ils déployaient
les provisions pièce à pièce, dans le greffe, en présence des
gens de la police et du brigadier.

La Reine, en voyant servir son nouveau dîner, s'aperçut
facilement que toutes choses, depuis l'œillet, étaient chan-
gées. Mais jamais elle ne laissa échapper aucune plainte. Je

ne lui apportais plus que son potage et deux plats. (Tous les jours un plat de légumes et puis de la volaille et du veau alternativement.) Mais je préparais ces choses-là de mon mieux. Madame, qui était d'une propreté, d'une délicatesse excessives, regardait mon linge toujours blanc, et, par son regard, semblait me remercier de cette attention que j'avais pour elle. Quelquefois, elle me présentait son verre afin que je lui servisse à boire. Elle ne buvait que de l'eau, même à Versailles, comme elle nous le rappelait quelquefois. J'admirais la beauté de ses mains, dont l'agrément et la blancheur étaient au-dessus de tout ce qu'on pourrait dire.

Sans déranger sa table, elle se plaçait entre cette table et son lit. Je regardais alors l'élégance de tous ses traits qu'éclairait parfaitement la croisée, et j'y remarquai un jour çà et là quelques marques de petite vérole très adoucies, et pour ainsi dire imperceptibles, qu'on n'apercevait plus à quatre pas. Du temps de Lebeau, Madame se coiffait chaque jour devant lui et moi, pendant que je faisais son lit, et que je ployais sa robe sur une chaise. Je remarquai des places de cheveux blancs sur les deux tempes. Il n'y en avait point sur le front ni dans les autres cheveux. Sa Majesté nous raconta que c'était le trouble du 6 octobre.

Madame de La Marlière, qui vit encore et habite Paris, m'avait priée plusieurs fois, du temps de Mme Richard, de lui procurer des cheveux de la Reine pour en orner un médaillon. Cela m'aurait été facile, car Sa Majesté, de temps en temps, rafraîchissait sa chevelure.

Après l'événement de l'œillet, Mme de La Marlière fut longtemps sans pouvoir être admise à revoir son mari, qui était prisonnier.

Avant la disgrâce de la famille Richard, la Reine était blanchie par Mme Saulieu, notre blanchisseuse ordinaire, laquelle demeurait à deux pas de l'Archevêché. Après l'accident funeste de l'œillet, notre blanchisseuse ne revint plus. Le greffier du tribunal révolutionnaire s'empara du linge de corps de la Princesse, moins les bonnets et les fichus, et il paraît qu'on ne lui redonnait ses chemises qu'une à une et de loin en loin.

Le chagrin, le mauvais air, le défaut d'exercice altérèrent

la santé de la Reine. Son sang s'échauffa, elle éprouva de grandes hémorragies. Je m'en étais aperçue ; elle me demanda secrètement des linges, et aussitôt je coupai mes chemises et je mis ces linges sous son traversin.

Le quatrième ou cinquième jour de son arrivée à la Conciergerie, les administrateurs lui prirent sa montre qu'elle avait apportée d'Allemagne quand elle vint chez nous pour être Dauphine. Je n'étais pas auprès d'elle quand on lui fit ce chagrin, mais Mme Richard en parla dans notre chambre et dit qu'elle avait beaucoup pleuré en livrant cette montre d'or.

Par bonheur, les commissaires ne savaient pas qu'elle portait un médaillon ovale fort précieux attaché à son cou au moyen d'une petite ganse noire. Ce médaillon renfermait des cheveux bouclés et le médaillon du jeune Roi. Il était ployé dans un petit gant de peau canari qui avait été à l'usage de M. le Dauphin.

La Reine, en venant du Temple, conservait encore deux jolies bagues de diamant et son anneau de mariage. Ces deux brillants étaient, sans qu'elle y pensât, une sorte d'amusette pour elle. Assise et rêveuse, elle les ôtait, elle les remettait, elle les passait d'une main à l'autre plusieurs fois dans un même moment. A l'occasion de l'œillet, on fit plusieurs visites dans sa petite chambre, on ouvrit son tiroir ; on fouilla sur elle-même, on culbuta ses chaises et son lit. Ces mauvais sujets ayant vu briller les diamants de ses deux bagues, les lui enlevèrent, et on lui dit qu'elles lui seraient restituées quand tout serait fini.

Ces visites générales eurent lieu, depuis, dans son cachot, à toutes les heures du jour et de la nuit ; les architectes et les administrateurs visitaient à chaque instant la solidité des barreaux de fer et des murailles. Je les voyais dans des perplexités continuelles. Ils disaient entre eux : « *Pourrait-elle pas s'échapper par ici, s'échapper par là ?* » Ils ne nous laissaient et n'avaient pas eux-mêmes un seul instant de relâche.

Par crainte de quelque infidélité du dedans ou de quelque surprise du dehors, ils étaient sans cesse autour de nous dans la Conciergerie. Ils mangeaient sans façon à la table du concierge, et tous les jours, il me fallait préparer un grand ordinaire pour quinze ou dix-huit de ces gens-là.

J'avais ouï dire à Mme Richard : « La Reine ne s'attend pas à être jugée. Elle conserve l'espoir que ses parents vont la réclamer ; elle me l'a dit avec une franchise tout à fait charmante. Si elle nous quitte, Rosalie, vous serez sa femme de chambre, elle vous emmènera. »

Après l'œillet, cette Princesse me parut inquiète et plus alarmée de beaucoup. Elle réfléchissait et soupirait en allant et venant dans le cachot. Un jour, elle remarqua en face de ses croisées, dans une chambre grillée de fer, une prisonnière qui joignait ses mains et levait les yeux vers le ciel, en prononçant des prières. « *Rosalie,* me dit cette grande et bonne Princesse, *regardez là-haut cette pauvre religieuse, avec quelle ferveur elle prie le bon Dieu !* »

La religieuse assurément priait Dieu pour la Reine. C'était l'occupation de ces dames tout le long du jour.

Mon père vint de la province pour me voir. Comme on ne laissait plus entrer personne depuis la conspiration de l'œillet, il eut toutes les peines du monde à parvenir jusqu'à moi ; on l'accompagna jusqu'à ma chambre. M. Lebeau lui dit : « Il m'est défendu de recevoir et de permettre aucune visite, ma propre famille n'entre pas ; ne soyez avec votre fille que quatre ou cinq minutes ; bonhomme ne revenez plus. » Je ne pus même pas offrir un rafraîchissement à mon père, et lui montrant un poulet qui était à la broche, je lui dis tout bas : « C'est pour la pauvre Reine que nous avons ici. » Mon père soupira et nous nous séparâmes.

Un jour, en faisant le lit de la Princesse, je laissai tomber un journal du matin que j'avais mis sous mon fichu, et je m'en aperçus lorsque nous fûmes remontés dans nos chambres. Toute troublée, je l'avouai à M. Lebeau. Il se troubla bien davantage, car il était peureux naturellement : « Allons vite, me dit-il, allons, retournons au cachot. Prenez cette carafe d'eau claire, que nous changerons contre l'autre ; je ne vois pas moyen à nous tirer de là. »

Il fallut avertir de nouveau les gendarmes ; nous nous rendîmes chez la Reine, et je retrouvai mon journal qu'elle n'avait pas aperçu.

Autant la Reine avait éprouvé de malaise pendant les chaleurs du mois d'août, autant elle eut à souffrir du froid et de l'humidité les quinze premiers jours d'octobre.

[15]

Elle s'en plaignit avec douceur, et moi, je ressentais un chagrin mortel de ne pouvoir adoucir sa souffrance. Le soir, je ne manquais pas de prendre sa camisole de nuit sous son traversin. Je montais vite chez nous pour bien la réchauffer, et puis, toute brûlante, je la replaçais sous le traversin de la Reine, ainsi que son grand fichu de nuit.

Elle remarquait ces petites attentions de ma fidélité respectueuse, et son regard plein d'affabilité me remerciait comme si j'avais fait autre chose que mon devoir. On ne lui avait jamais accordé ni lampe ni flambeau, et je prolongeais autant que possible le petit ménage du soir, afin que ma respectable maîtresse fût un peu plus tard dans la solitude et l'obscurité. Elle n'avait ordinairement, pour entrer dans son lit, que la faible clarté que lui renvoyait, de loin, le réverbère de la cour des femmes.

12 Octobre — Le 12 octobre, deux heures environ après son coucher, les juges du tribunal vinrent lui faire subir le grand interrogatoire ; et le lendemain, quant j'entrai chez elle pour faire son lit, je la vis qui se promenait rapidement dans sa pauvre cellule ; j'avais le cœur brisé ; je n'osai point porter mes regards sur elle.

Depuis quelques jours, elle n'était plus seule ; on avait mis un officier pour la garder dans son cachot (1).

Enfin, arriva l'affreuse journée du 15 octobre : elle monta dès les huit heures du matin à la salle des audiences pour y subir son jugement, et comme je ne me rappelle pas lui avoir porté, ce jour-là, aucune espèce de nourriture, il est à croire qu'ils la firent monter à jeûn.

Dans la matinée, j'entendis quelques personnes qui s'entretenaient de l'audience. Elles disaient : « Marie-Antoinette s'en retirera ; elle a répondu comme un ange ; on ne fera que la déporter. »

Vers les quatre heures après midi, le concierge me dit : « La séance est suspendue pour trois quarts d'heure, l'accusée ne descend pas ; montez vite, on demande un bouillon. »

Je pris à l'instant une excellente soupe que je tenais en

---

(1) C'était un officier de gendarmerie appelé M. de Busne. Lors du procès de Marie-Antoinette, il lui donna une preuve de sympathie qui lui valut d'être mis en prison le lendemain : il apporta un verre d'eau à la pauvre femme épuisée par une audience de quinze heures !

réserve sur mon fourneau, et je montai vers la Princesse.

Comme j'allais arriver dans une salle auprès d'elle, un des commissaires de police, nommé Labuzière, qui était petit et camard, m'arracha ma soupière des mains, et la donnant à une jeune femme, extrêmement parée, il me dit : « Cette jeune femme a grande envie de voir la *Veuve Capet*; c'est une charmante occasion pour elle », et cette femme aussitôt s'éloigna portant le potage, à moitié répandu.

J'eus beau prier et supplier Labuzière, il était tout puissant, il me fallut obéir. Que dut penser la Reine en recevant sa soupière des mains d'une personne qu'elle ne connaissait pas !

A quatre heures quelques minutes du 16 octobre au matin, on vint nous dire que la Reine de France était condamnée !... Je sentis comme une épée qui aurait traversé mon cœur, et j'allai pleurer dans ma chambre en étouffant mes cris et mes sanglots. Le concierge apprit cette condamnation avec peine, mais il était plus habitué que moi à ces choses ; il fit semblant de n'y prendre aucune part.

16
Octobre

Vers les sept heures du matin, il me commanda de descendre chez la Reine et de lui demander si elle avait besoin de quelque aliment. En entrant dans le cachot, où brûlaient deux lumières, j'aperçus un officier de gendarmerie assis dans l'angle de gauche, et, m'étant approchée de Madame, je la vis tout habillée de noir, étendue sur son lit.

Le visage tourné vers la fenêtre, elle appuyait sa tête sur sa main. « Madame, lui dis-je en tremblant, vous n'avez rien pris hier au soir, et presque rien dans la journée. Que désirez-vous prendre ce matin ? » La reine versait des larmes en abondance; elle me répondit : « Ma fille, je n'ai plus besoin de rien, tout est fini pour moi. » Je pris la liberté d'ajouter : « Madame, j'ai conservé sur mes fourneaux un bouillon et un vermicelle; vous avez besoin de vous soutenir, permettez-moi de vous apporter quelque chose. ».

Les pleurs de la Reine redoublèrent, et elle me dit : « Rosalie, apportez-moi un bouillon. » J'allai le chercher; elle se mit sur son séant et ne put en avaler que quelques

[17]

cuillerées; j'atteste devant Dieu que son corps n'a pas reçu d'autre nourriture, et j'eus lieu de me convaincre qu'elle perdait tout son sang!...

Un peu avant le jour déclaré, un ecclésiastique (1) autorisé par le Gouvernement se présenta chez la Reine et lui offrit de l'entendre en confession. Sa Majesté, apprenant de lui-même qu'il était un des curés de Paris en exercice, comprit qu'il avait prêté serment, et elle refusa son ministère. On parla de cette circonstance dans la maison.

Lorsque le jour fut venu, c'est-à-dire à peu près vers les huit heures du matin, je retournai chez Madame pour lui aider à s'habiller, ainsi qu'elle me l'avait indiqué lorsqu'elle prit le peu de bouillon sur son lit. Sa Majesté passa dans la petite ruelle que je laissais ordinairement entre son lit de sangle et la muraille. Elle déploya elle-même une chemise qu'on avait apportée, probablement en mon absence, et, m'ayant fait signe de me tenir devant son lit pour ôter la vue de son corps au gendarme, elle se baissa dans la ruelle et abattit sa robe, afin de changer de linge pour la dernière fois. L'officier de gendarmerie s'approcha de nous à l'instant, et, se tenant auprès du traversin, regarda changer la Princesse. Sa Majesté aussitôt remit son fichu sur ses épaules, et, avec une grande douceur, elle dit à ce jeune homme : « *Au nom de l'honnêteté, Monsieur, permettez que je change de linge sans témoin.*

— Je ne saurais y consentir, répondit brusquement le gendarme; mes ordres portent que je dois avoir l'œil sur tous vos mouvements. »

La Reine soupira, passa sa dernière chemise avec toutes les précautions et toute la modestie possibles, prit, pour vêtement, non pas sa longue robe de deuil qu'elle avait encore devant ses juges, mais le déshabillé blanc qui lui servait ordinairement de robe du matin, et déployant son grand fichu de mousseline, elle le croisa sous le menton.

Le trouble que me causait la brutalité du gendarme ne me permit pas de remarquer si la princesse avait encore le médaillon de M. le Dauphin; mais il me fut aise de voir qu'elle roulait soigneusement sa pauvre chemise ensan-

---

1) Girard, curé de Saint-Landry, dans la Cité, prêtre assermenté.

glantée; elle la renferma dans une de ses manches comme dans un fourreau, et puis serra ce linge dans un espace qu'elle aperçut entre l'ancienne toile à papier et la muraille.

La veille, sachant qu'elle allait paraître devant le public et devant les juges, elle donna, par bienséance un peu d'élévation à ses cheveux. Elle ajouta aussi à son bonnet de linon, bordé d'une petite garniture plissée, les deux barbes volantes qu'elle conservait dans le carton; et sous ces barbes de deuil, elle avait ajusté proprement un crêpe noir, qui lui faisait une jolie coiffure de veuve.

Pour aller à la mort, elle ne garda que le simple bonnet de linon, sans barbes ni marques de deuil; mais n'ayant qu'une seule chaussure, elle conserva ses bas noirs et ses souliers de prunelle, qu'elle n'avait point déformés ni gâtés depuis soixante et seize jours qu'elle était avec nous (1).

Je la quittai sans oser lui faire des adieux, ni une seule révérence de peur de la compromettre et de l'affliger. Je m'en allai pleurer dans mon cabinet et prier Dieu pour elle.

16
Octobre

Lorsqu'elle fut *sortie* de cette affreuse maison, le premier huissier du tribunal, accompagné de trois ou quatre personnes de son même emploi, vint me demander chez le concierge et m'ordonna de le suivre jusqu'au cachot. Il me laissa reprendre mon miroir et le carton. Quant aux autres objets qui avaient appartenu à Sa Majesté, il me commanda de les serrer dans un drap de lit. Ils m'y firent ployer jusqu'à une paille qui se trouva, je ne sais comment, sur le pavé de la chambre, et ils emportèrent cette misérable dépouille de la meilleure et de la plus malheureuse Princesse qui ait jamais existé!

(1) La Reine était vêtue d'un jupon blanc passé par-dessus un jupon noir, d'une espèce de camisole de nuit, blanche également; elle portait un ruban de faveur noire aux poignets; un fichu de mousseline unie blanc couvrait ses épaules.

APPENDICE

CONVERSATION DE ROSALIE LAMORLIÈRE AVEC MADAME SIMON-VIENNOT

Madame SIMON-VIENNOT a publié dans son livre intitulé **Marie-Antoinette devant le XIXᵉ siècle** *(1838) une intéressante conversation qu'elle eut avec Rosalie Lamorlière. Nous la donnons ici, car elle est le complément nécessaire du récit de cette femme sur les derniers jours de la captivité de Marie-Antoinette.*

MOI

... Vous avez du être entendue avec un bien grand intérêt aux Tuileries par l'auguste fille de Marie-Antoinette (1), qui, sans vous, eût toujours ignoré avec quelle force héroïque fut supporté ce martyre de soixante-quinze jours.

ROSALIE

Je jouis encore des bienfaits de Mᵐᵉ la duchesse d'Angoulême, mais sans avoir pu jamais l'en remercier ; et cependant j'aurais avec joie renoncé à tous les avantages dont on m'a comblée, pour voir une seule fois la fille de *Madame.*

Je remarquai que Rosalie, en parlant de Marie-Antoinette, ne la nommait que *Madame* et je lui demandai si, durant son service près de la Princesse, elle ne lui donnait pas d'autre titre : « Non, me répondit-elle. Cependant, m'étant trouvée seule avec Sa Majesté, j'aurais pu lui parler comme à ma souveraine ; mais je redoutais tout ce qui pouvait lui rappeler ses grandeurs passées ; je contins même toujours devant elle l'admiration que m'inspirait son sublime courage. Hélas ! j'aurais voulu la servir à genoux, et j'affectais de ne pas lui témoigner plus de distinction qu'à ma maîtresse Mᵐᵉ Richard.

(1) Marie-Thérèse-Charlotte de France, duchesse d'Angoulême, née à Versailles en 1773, morte à Frohsdorf, en 1851.

MARIE-ANTOINETTE A LA CONCIERGERIE.

Ce portrait que reproduit cette gravure fut peint, d'après nature, par Prieur, juré au Tribunal révolutionnaire, peu de jours avant l'exécution de la Reine.

MOI

..... La Reine Marie-Antoinette a été dépeinte au peuple comme une femme violente et vindicative; avez-vous remarqué cette disposition de caractère qui lui fut attribuée, durant les cruels outrages qu'elle subit à la Conciergerie? Paraissait-elle animée, ainsi que l'ont écrit plusieurs de ses ennemis, de projets ou de désirs de vengeance contre ses persécuteurs?

ROSALIE

Je ne l'entendis jamais se plaindre ni de son sort ni de ses ennemis, et le calme de ses paroles répondit toujours à celui de son maintien; cependant, il y avait dans cette tranquillité quelque chose de si profond et de si imposant, que Mme Richard, le concierge Lebeau et moi, en entrant dans sa chambre, nous restions toujours saisis de respect à la porte sans oser l'approcher avant qu'elle ne nous y eût invités avec sa douce voix et son gracieux regard.

MOI

Parlait-elle de la mort de Louis XVI, et paraissait-elle redouter le même sort?

ROSALIE

Elle disait qu'il était heureux, mais j'eus lieu de penser qu'elle croyait être renvoyée en Autriche avec ses enfants.

MOI

Ce calme inaltérable dont vous parlez, ne venait-il pas d'une espèce d'affaissement moral ou d'insensibilité, effet de ses souffrances et de sa longue captivité?

ROSALIE

Sa sensibilité était extrême et ne laissa jamais inaperçus nos soins les plus légers. Elle portait, caché dans son corset, le portrait du jeune Roi et une boucle de ses cheveux enveloppée dans un petit gant de peau jaune qui avait servi à l'enfant, et je m'aperçus qu'elle se cachait souvent près de son misérable lit de sangle pour embrasser, en pleurant, ces objets. On pouvait lui parler de ses malheurs, de sa position, sans qu'elle montrât d'émotion ou d'abattement; mais ses larmes coulaient sans cesse à l'idée de l'abandon de ses enfants. Dans les hémorragies qui suivirent ses crises nerveuses et qui ne la quittèrent qu'à la mort, elle nous supplia de ne provoquer pour elle aucun secours de la médecine, parce qu'ils ne pouvaient rien sur la cause de son mal. Elle fut fouillée plusieurs fois à la Conciergerie, et on lui arracha brutalement sa montre suspendue à son cou par une fort belle chaîne. Cependant, peu de jours avant sa mort, elle possédait encore le médaillon qui renfermait le portrait du jeune Roi. J'ignore ce qu'il sera devenu.

MOI

Est-il vrai, ainsi que l'ont publié d'illustres écrivains, que la Reine savonnait et raccommodait elle-même son linge à la Conciergerie?

ROSALIE

Elle aurait rendu grâce au ciel si une telle faveur lui eût été accordée. Mais on l'avait condamnée à la plus complète inaction, et quoi qu'elle ne se plaignît jamais, je vis qu'elle souffrait beaucoup de cette oisiveté.

MOI

Plusieurs personnes se sont flattées d'avoir séduit le concierge et porté différents secours à la Reine dans ses derniers moments ; peut-on ajouter foi à leurs assertions ?

ROSALIE

Non, car lors même que l'on eût gagné le concierge Lebeau, le plus timide et le plus peureux des hommes, les cours et corridors étaient remplis de gardes. Fouquier-Tinville et ses agents pénétraient d'ailleurs à toute heure du jour et de la nuit dans le cachot de la Princesse, la faisaient relever impitoyablement sous prétexte de fouiller son lit, et bouleversaient tous ses effets.

MOI

Revîtes-vous Marie-Antoinette après sa condamnation ?

ROSALIE

Je descendis dans son cachot par ordre de Lebeau, vers sept heures ; deux chandelles presque usées brûlaient encore

sur sa petite table ; j'en conclus qu'on les lui avait laissées
toute la nuit. La Princesse était couchée habillée sur son lit ;
elle avait encore sa grande robe noire. Un officier de gendarmerie, assis dans le coin le plus reculé de la chambre, pa
raissait endormi. Je m'approchai en tremblant de Madame,
et la suppliai d'accepter un bouillon que j'avais tout préparé
sur mes fourneaux. Elle souleva la tête, me regarda avec sa
douceur ordinaire, et me répondit en soupirant : « Je vous
remercie, ma fille, je n'ai plus besoin de rien. » Et comme je
me retirais en pleurant, soit qu'elle craignît de m'avoir affli-
gée, ou bien qu'elle voulut me revoir une dernière fois, elle
me rappela pour me dire : « Eh bien ! Rosalie, apportez-moi
votre bouillon. »

MOI

Et prit-elle ce bouillon quand vous le lui apportâtes ?

ROSALIE

Une ou deux cuillerées seulement. Ensuite elle me pria
de l'aider à s'habiller. On lui avait fait dire de quitter sa robe
de deuil, parce que cela pourrait exciter le peuple à l'insul-
ter ; mais nous pensâmes, à la prison, que l'on craignait
plutôt l'intérêt que réveillerait sa position de veuve du Roi.
La Princesse ne fit aucune objection, et disposa son déshabillé blanc du matin. Comme elle perdait tout son sang,
elle avait aussi ménagé une chemise pour aller à la mort, et
je remarquai qu'elle avait l'intention de paraître avec une
mise aussi décente que le permettait son grand dénûment,
ainsi qu'elle l'avait fait le jour du jugement. Au moment de
se déshabiller, elle se glissa dans la ruelle entre le mur et le
lit de sangle, afin de se soustraire aux regards de l'officier ;
mais ce jeune homme s'avança impudemment en appuyant
ses coudes sur l'oreiller pour la regarder. La Princesse rougit
beaucoup, et se couvrit à la hâte de son grand fichu ; puis
joignant ses mains en se tournant d'un air suppliant du côté
de l'officier : « Monsieur, s'écria-t-elle, au nom de l'honnêteté, permettez que je change de linge sans témoin ! »

MOI

Cet homme dut être bien humilié de son action ?

ROSALIE

Il répondit, au contraire, avec dureté, que ses ordres por-
taient qu'il ne devait pas perdre un instant de vue la condamnée. La Reine leva les yeux au ciel, et les reporta sur
moi sans articuler une parole, car j'étais habituée à com-
prendre tous ses regards, et je me plaçai de manière à la
dérober autant qu'il était possible à ceux de l'officier. Alors,
agenouillée derrière son lit, et avec toutes les précautions
que lui suggéra sa modestie, Sa Majesté parvint à changer
de linge sans même découvrir ses épaules ou ses bras.

La simplicité avec laquelle Rosalie venait de retracer
l'acte le plus beau de la vie de Marie-Antoinette, me causa
une si violente émotion qu'il me fut impossible de lui
adresser de nouvelles questions.....

Après avoir serré dans mes bras la pauvre créature en
qui la vigueur de l'âme et l'héroïsme de sentiments s'élèvent
obscurément au-dessus de la bassesse de sa condition, je
quittai l'hospice, le cœur rempli d'admiration et de tristesse.

Le Gérant : Henri GAUTIER

Paris, Imp. de Vaugirard, G. de Malherbe et Cie, 152, r. de Vaugirard. — Car. et vig. Doublet